催花雨

川口千恵子詩集

土曜美術社出版販売

詩集　催花雨＊目次

地上で

メロディ

あのころ

このころ

天空から

カバー・扉画／上渕　翔

詩集　催花雨

地上で

催花雨

花の咲き出す頃に降る雨
催花雨
一雨ごとに暖かくなり
地面の中では
球根がそっとふくらむ

大地は赤し　チューリップのごとく
この国の幼子のかんばせに
悲しみのチリが降り積もる

若者が歌うアフガニスタン民謡
アフガニスタンに雨が降る
たっぷりと血を吸った赤い大地
涙のような雨つぶがしみ込む

春を待ちこがれる
催花雨

人生に幸不幸はない
明と暗があるのみ
大地は赤し　チューリップのごとく
この国の幼子のかんばせに
悲しみのチリが降り積もる

母達は　我子を失くし
若者は　生きて帰らず
（アフガニスタン民謡）

バオバブの木陰で

バオバブ
アフリカの大地
空に向かって凛然と立つ

精霊の宿る木

強烈な太陽から人々を守る
幹には水を蓄え
実は食料となり

樹皮も薬やロープになる
古代から
人々の生活そのものである

バオバブの木陰に休む幼子
あれは疲れ切った少年兵

アフリカのモザンビーク
拉致された時わずか六歳
世界最年少の少年兵
つぶらな瞳が見てきたもの
決して語ることなく十数年
胸の奥底に封じ込められた

少年兵は父となり
子どもたちが
自分が少年兵と呼ばれた年になった
今少しずつ語り始めた
かつて少年兵だったことを

バオバブの木に
風が通り過ぎる
ヘチマに似た
大きな実が揺れている

いつもと同じだった

特別な朝
それは　いつもと同じ朝だった

午前六時過ぎ　まっ青な空
ホースを思い切り伸ばす
空中を飛ぶ　眩しい水晶の粒
私の心も　明るく弾んでいた

気が付かなかった

私を狙っていたなんて
ブーンとかすかな羽音
チクッと刺された
スズメ蜂の姿は　もうなかった

そして　特別な朝になった

私は　まだ生きていた
月一回の注射を五年間
二匹分の蜂の毒を体内に入れる免疫療法
今　してもらえる病院を探している

刺客と共に生きる
新しい人生が始まった

特別な夜
それは　いつもと同じ夜だった

午後十時頃
静かで　くつろいだひととき
お茶の間のＴＶを見ていた

高層ビルに体当たりする飛行機
大きく穴があき　炎に包まれる
くずれ落ちるビル
特撮の模型ではない
あの中に　暖かい血の流れる人間がいた

そして特別な夜になった

テロだ　報復だ　戦争だ　宗教いや民族対立だ
根本にあるのは貧困だ
飛び交う情報の中
米国は　日本は　世界はどうする？
私は　何ができるのか？

混沌とした世界情勢と共に生きる
新しい人生が始まった

福島

雨が降る
静かな海に
雨が降る
豊かな大地に
雨が降る
戦場に残された遺体に
一八六八年九月二十二日
戊辰戦争会津藩降伏
踏みにじられた徳川への忠義

朝敵となった会津藩士
許されなかった埋葬
長い間野ざらしにされた

雨が降る
津波を押しよせた海に
雨が降る
汚染された大地に
雨が降る
ガレキにまみれた遺体に
二〇一一年三月十一日
東日本大震災
海に消えた
多くの命と日々営みのあった陸地

都東京に電気を送り
その繁栄を支え続けた福島原発
今度の敵は肉親さえもその地に
足を踏み入れることを許さない
誰にも届かなかった助けを求める声
置き去りにされ冷たくなった亡きがら
暗い暗い夜をこれからいくつ越えるのか

風に乗って飛ぶ
目に見えない放射能
生者の気配はない

ヘイ・ジュード

ポール・マッカートニーの
京セラドーム公演に行って来ました
七十一歳のポールは元気でしたよ
三十七曲二時間半
休みなく水も飲まず歌い続けました
オーラが眩しかったです

昼休みの弁当タイム
ＢＧＭはいつもビートルズでしたね

男子全員丸坊主の高校
四十七年前のあなたは
東京公演に行きたがっていました
私がポールのコンサートに行ったと
知ったら羨ましがるでしょう
やはり最後の曲は
ヘイ・ジュードでしたよ

レノンとシンシアが破局した時
彼らの息子五歳のジュリアンに
ポールが作った曲
チェコがロシアに侵攻された
プラハの春では
民衆の心を一つにした

革命ソングとなった曲
あなたが教えてくれましたね

悪いことばかりじゃない
恐れるな
いい日が来るさ
ポールのリードで何度もリフレイン

きっと私も
そう言ってもらいたいのですね
もういないあなたに

黄色いスカート

青い空を
飛行機雲が縦半分に切って行く
飛行機も飛行機雲もやがて消えて行く

その空の下では風が強い
あなたの後ろに回り込み風よけにした
パラシュートのように広がった
黄色いスカートを押さえながら

今度はあなたが私の後ろに回り込む
交替して生きていければいいね
風が強いけど
風が強くても

いつか風が止めば
あなたと向き合って踊りましょう
黄色いスカートを
ひらひらなびかせながら

充電

霞ヶ浦
湖の前にある小さな水族館
訪れた日は休館日
閉ざされた入口で
迎えてくれた大きな陸亀
じっと動かない
気になってしばらく見ていた

動いた

太陽光で充電
体温の上昇を待ち
そろり　動いた

それにしても
職員の姿もなく放し飼い？
周りには食べられる草も生え
泰然として自由である

コロナ禍の中
できることを
できる範囲で無理なく暮らす
私も只今充電中

ざわついて……

陽が落ちた広場
幾重もの人垣ができ中は全く見えない
ブラスバンドの軽快な音楽
何があるのですか?
何人目かでやっと聖火リレーという答

何も見えないのに人は皆
携帯を頭上高く掲げ
一斉にシャッターを切る

カシャカシャカシャカシャ……
フラッシュが眩い

翌日のニュース
宇宙飛行士二名と
日本最多金メダル保持の体操選手も
ランナーの中にいた

トーチリレーに聖をつけるのは
日本ぐらいとか
一九三六年ベルリン五輪
オリンピアからベルリンへ初トーチリレー
ナチスがプロパガンダに利用した

コロナ禍の中リレー辞退者が続出
復興五輪
コロナに打ち勝った証はどこに？
宇宙飛行士や体操選手は
何を想って走ったのか
個人の意志か
つくばを延いては国家を背負ってか
心がざわついて……収まらない

東京は今日から四度目の緊急事態宣言
オリンピックが
ひたひたと近づいて来る

少年とグローブ

大谷翔平選手が初めて開幕投手となる
二〇二二年四月八日世界中が見守る
ふと思った
九年前の電車の中
あの子はどうしているかと

隣の学生服の高校生が磨いている
使い込んだ黒いグローブ
気になるのか何度も撫でている

歪んだ缶には殆ど残っていないワックス
指で刮《こそ》げ取り丁寧にまた擦り込んでいる
時々グローブをゆっくりと眺める
覗き込む人の気配を知ってか知らずか
私が電車を降りた後も
きっと磨き続けていたのだろう
顔は見なかった
グローブと手許だけに見惚れて

自分をあんなに優しく
手入れしたことがあっただろうか
私にはなかった
急に自分が愛おしく思えてきた

大谷選手と同じ年頃になっているはず
まだ野球を続けているのかな

花祭りの朝

菜の花の咲く頃

「先日買ったファイルが後ろ三枚シワクチャでした
中を見せてもらえますか」
「いいですよ　在庫もあるので調べます
少しお待ちください」
ビニールを剝がしたファイル五冊レジの上
「前のも新しいのに交換しますので
お待ちください」

高級ブティックのような素敵な対応
なんでそんなに親切なの

それで商売やっていけるの
私をモンスター・クレイマーと思ったの
嬉しさと切なさが入り混じりました

あれはいつからか
大抵の物が百均で賄えるようになったのは
デイトレーダーも貧しい人も
お昼はカップラーメン
こんな記事を読んだ遠い日
経済停滞
三十年賃金の上がらない日本

優しい春風が吹いていました
あの日の百均に

メロディ

ラテンのノート

ノートを見てリズムを取っていた
あれっこの駅どこ？　あっ守谷
慌てて乗り換え胸を撫で下ろした

ラテンの歌詞ノート
上にカタカナでルビを打ち
下に意味を書いた
手間暇かけて作ったノートがない

「北千住に届いています」
「本当　嬉しい」……が
つくばからざっと二時間
往復二千百円　ノート十九冊分
作り直した方がいいのかも知れない

「切符出ますよ」
「えっ」
電車の忘れ物で初めて切符を貰った
翌日取りに行った

ノート一冊届けてくれた人
一度は見捨てようとした私
切符を出してくれたつくばエクスプレス

帰って来たのは何よりノートの意志
「帰りたい　きっと迎えに来てくれるさ
歌をうたって待っていよう」
　私の家のドアは開いているわ
　心のドアもすべてオープンにしたの*
ラテンのノートの歌声
呼び寄せられたような気がした

*『おいしい水』　ボサノヴァ　ポルトガル語の歌
　アントニオ・カルロス・ジョビン作曲
　ヴィニシウス・ヂ・モライス作詞

万華鏡

万華鏡
赤・青・黄色
不思議な色のゆらめき
一瞬にして姿を変える
限りなく自由な光は　美しい

鏡の中に　私がいる
その奥の奥にも　私がいる
何人もの私が　こちらを見て笑う

そのまま止めていようとしても
　少しずつゆがむ
何人もの私が　こちらを見て泣く

くるくる回し続ける万華鏡
ゆらゆらそっと揺れながら
幸せの華となって咲け
閉じ込めて　受け入れて
　がまんしてきたたくさんの想いよ

音楽ユニット「ユリノキ」の曲になりました。

白い月

右肩越しに振り返って
昼間の月を見ると
幸せになる

新しい地でできた友から
そんなメールの届いた日
青い空に白い月
くっきり見えた

些細なことに
いちいちつまずく私
　不用意な傷をつくるな
　それはおまえを弱くする*

空の彼方
今日も白い月を探す

* 須賀しのぶ『また、桜の国で』より

音楽ユニット「ユリノキ」の曲になりました。

春の夢

中学での三年間
いつも一緒にいたあなた
思い出がたくさんありすぎて
忘れてしまわないうちに
記憶を書き留めておきましょう

あなたは隣町の高校へ
私の高校の下校放送は『遥かな友に』
　おやすみ安らかに辿れ夢路

おやすみ楽しく今宵もまた
この曲を聞く度
あなたのことを想っていました

今は
あなたはウィーンでピアノ演奏活動
私はつくばで詩を書いています
ずい分と遠くなり
本当に「遥かな友に」になりました

あなたの曲に私が詩を書く
それは無理
私の詩にあなたが曲を作る
それならできるかも知れない

ウィーンとつくば
距離九一〇五キロメートル
時差七時間
二人で紡いでいく
夢が寄り添ってくる　春

あのころ

約束

とみちゃんが学校を休んだ
本当に実行したんだ
ごめんね　私はできなかったよ

あと一人休んだら学級閉鎖
私達は約束した
あした休もう

強く思った
翌日母に学校へ追いやられた

ほかの三人も休ませてもらえなかった
とみちゃんだけが休んでいるのを知った朝
とみちゃんみたいに
約束を守れる人になりたい
と

放課後とみちゃんの家に行った
とみちゃんは
インフルエンザにかかっていた
小学五年の冬だった
インフルエンザの季節に思い出す
ちょっとおかしなあの熱い決意
あれからかもしれない
約束に妙にこだわる私がいる

惜別

闇夜の中に光る黒猫の眼
息を詰め　そっと見つめている
足音もなく近づき
　そして　追い越して行った

陽光の中に輝く金柑の実
見舞いの言葉を抱えたまま立ち竦む
病室の窓を　モノレールが通り過ぎて行く
それを見ていた人は　通り過ぎて行った

やがて　私達も……

柵

回りをしっかりと柵で囲った
外から入って来られないように
したはずが
内から出られない柵だったことに
気がつきもせずに

過ぎゆく春を愛しむ間もなく
過酷な真夏の太陽が照りつける
ようやく陰りの見えた秋

ぐらついた柵に
思い切って
斧を振るう

そこには
ただ私が
ひとり立っていた

トロリー

サンディエゴの街
赤いトロリーが走る

止まった
ドアのボタンを押す
開いたドアの足下に
一段の補助ステップ

あなたの心のボタン

押しさえしたら
するすると補助ステップ
下りて来たのでしょうか
怖くて
過ぎ去ったのは時間だけ
二度と開かない

サンディエゴの高く青い空
白い雲が流れていく

スイッチを探して

凍ったフロントガラス
手のひらを当てると手の形に
不思議に冷たさを感じない

水を掛けるとすぐに凍った
流れの筋がそのままに
拡大レンズで見るようなボヤけた景色
不確かな危うい美しさの中
信号の色だけが鮮やかだ
青を頼りに恐る恐る進む

ある日ふと
暖房スイッチを押す
温風の当たった所から
視界がジワジワ広がっていく

私のフロントガラスは
いつまでも凍ったまま
幻想的な景色の中進む
緊張感にも疲れ果てた
一点の晴れたところが現われる
方法はきっとあるはず

暖房スイッチはどこにある

蟻地獄

穴の底
蟻が一匹
うろうろと彷徨っている

首を傾け
這い上がろうともがいている
疲れ果てこれが最後と思った時
ひょいと飛び出し空を見て佇んだ

それなのに　またあの蟻が
なんと今度は自分から飛び込んだ

悲劇の主人公のように
嘆き悲しんでいる

ある日
失うものが何もなくなったと知った時
ひょいと飛び出し一目散に駆け出した

行く先が分かったんだね
もう落ちちゃだめだよ

このころ

あこがれ

小さな花壇
大きく育ったゼラニューム
前にそり出し
地面に引き寄せられた枝
あちらこちら倒れている花　無惨
あすは切って身軽にしよう
挿木していっぱい増やし
いつか窓辺を飾ろう
昔旅した国のように

右手にパンを持ったら
左手にはゼラニュームを持て
ヨーロッパに古くからある諺
大切な心の糧の花
窓ごとに揺れている
赤いゼラニューム
葉っぱの露が光っている
夢の中の明るい朝

私には詩がある

――大丈夫？
問いかけられ
――私には詩があるから大丈夫
と　答えた自分に
私は驚いた

ちょっと照れて
そして
一人静かに感動した

私には詩がある

特効薬

――いい番号ですね
ナンバープレートを見た友の言葉
思いもかけない発見

番号は私の誕生日
ま10―10
二年前旅立った
夫からのプレゼント

あの日から
生真面目な私の特効薬
もっと気楽に生きていこうよと
魔法のおまじない

ま　いいわ　いいわ
ま　いいわ　いいわ

解けゆくもの

窓の外にはローズマリー　ミント
ビロードセージ
モーニングはパンとゆで玉子
ポットの紅茶をミルクでたっぷりと

やっと持てるようになった
こんな贅沢な時間
自由な空想の世界に浸れる

取り留めない明日への憂い
逃れられない遠き日の痛み
ジャズの音にゆっくりと解けていく
身を固くし
とんがっていた私も

あらあら　あれよあれよ

あらあら
お釣りの小銭が転げ落ちた
チャリン　チャリン
スーパーの作業台の下
私より先に覗き込んだ
エコバッグを持った若い女性
――ありますよ
細い隙間に手を入れる
一枚はすぐ取れたがもう一枚はもっと奥

――手が汚れます
――手は洗うのでいいです
百円玉と十円玉を手渡して
にこやかに立ち去った

こんな人がいるんだ

あれよあれよ
帽子が飛んだ
クルリ　クルリ
改札機の向こう側へ
見ている間に風に舞う
右手にキャリーバッグ
左手に駅のコンビニ袋

両手の塞がった私
若い女の子が帽子を追っかけ
走るはしる広い構内
駆けつけた私に
帽子を捕まえ手渡してくれた
にっこりと埃を払って

こんな人もいるんだ

待ち伏せ

——ハシビロコウ*1と肺魚*2——

誰かの
そっとついてくる鋭い瞳
見られている嫌な気分
いつの間にか慣れてしまった
ホラ
水の中は自由だ

誰かの

動く気配のない影
じっと息を詰めている
そんなこともうまく忘れられる
ホラ
水の中は自由だ

そろそろ空気が欲しい
水面に顔を出した途端
大きな嘴に飲み込まれた
一瞬
愛嬌のあるかわいい目が見えた

＊1　ハシビロコウ（嘴広鸛）　アフリカ・ビクトリア湖周辺に生息　動くのはエサを食べるときだけ　肺魚が好物
＊2　肺魚　オーストラリア・南米・アフリカに生息　四億年前に誕生した肺呼吸する魚

天空から

時空を遊ぶ

七夕の　門渡る舟の　梶の葉に
いく秋書きつ　露のたまづさ
藤原俊成

「梶本の梶はね
舟の舵からきているのよ」
誰に教えられたのであろうか
長い長い間疑うことをしなかった

結城の駅近く
古民家カフェ「カヂノキ」を見つけた
「もしかして私の旧姓と同じ
梶本さんの店では」

「いえ大きなカヂノキからです」
梶の木*……木偏だから木の種類
今まで考えたこともなかった

昔の日本では七夕に
大きな梶の葉七枚に歌を書き
星に手向ける風習があった
織姫は別名梶の葉姫という

突然つきつけられた旧姓の真実
舟の舵から七夕の梶の葉姫まで
宇宙の彼方に想いが広がる

＊　梶の木　クワ科コウゾ属の落葉高木　紙・縄・布等の原料になる

雨の日に

外は雨
素足に畳がひんやり冷たい
しんとした部屋の中
遠い日を想う

父は特攻隊の生き残り
出撃が近づいた時に戦争が終わった
どこかに父の名前が
赤く刻まれた石碑があるらしい

もっときちんと話を聞いていれば
と　今は思う

会社を辞めた後　七年の浪人生活
毎年資格を取るたび
また新たな資格に挑戦し続けた
五十歳で法律事務所を開設
もっと楽にいいかげんに
なまけ者で生きて良かったのに

外の雨
音もなく降り続ける

母と歩めば

母と二人バスに乗って
小さな旅をするのも何度目か
今日もおしゃれして嬉しそう

藍の集積港として栄えた
徳島・脇町
白壁・黒屋根・格子窓
どっしりと落ち着いた美しい風格
家の両脇に屋根付きの袖壁

正面から見ると
ウサギ（卯）の耳のように見え
卯建《うだつ》と呼ばれている

江戸時代から富と権勢の象徴卯建
装飾と防火を兼ね
卯建の上がった家が建ち並ぶ

ひっそりと卯建の上がらない家がある
ザワザワと心乱れ
そこに住む人を想った

母の車イスを押しながら

カランコエ

花笑みも
心さまよう
広い空

ちえこ

一人にはもったいない満開の桜
花の下から眺める
空の青さが眩しい

コロナ対策の緊急事態宣言が出た
ここつくばは
東京・千葉につくばエクスプレスで直結
以前から緊張感が強い
夫の死から一ヶ月
黒い衣を身にまとい
いつ終わるかも知れぬ自粛生活

桜の公園の前に花屋がある
黒い鉢に鈴なりに花をつけた
ワインレッドのカランコエ
見たことのないベル咲き
カランコエ　ウェンディ
今日も白い花を買いに来たのに

一瞬でその花に惹きつけられた

仁さん　この花どう
花言葉　あなたを守る
これからは
あなたが私を守ってね

元神戸っ子

――逆行して来るおばさんがいるで
若い男性の大きな声

学生時代の友と三人
造幣局の通り抜けへ
桜の花の下
人の流れに逆って
いなくなった友の姿を捜していた
――それって私　私しかいない

造幣局の通り抜け
まだ蕾の木もあるのに明日で終わる
ほんの少し
花が枯れた木が見苦しいと
美しい間に閉じてしまうのかしら
未だに私を女学生と思っている？友
――ちーちゃんもおばさんって
　言われるようになったんやね

先日のＪＲの忘れ物市
抑えたピンクに黒い虎の顔のＴシャツ
目が合った瞬間手に持ってレジへ
――きれいなピンクですね

――虎が派手でよう着んかも知れんけど
――そんなことないですよ
　着てくださいね
初めて動物柄を買った寅年の私
娘が一言
――ちえも大阪のおばさんになったね
そう私は大阪のおばさん
明るくパワフルに生きていくぞ

菜種梅雨

小雨降る中
息子は濡れて帰ると言う
「おじいちゃんの傘だから
忘れても失くしてもいいよ」
「そら　よけいあかん」と　笑った

「おじいちゃん最後に会った時
いい顔していたなぁ」
「私の好きな

お酒飲んでない時の顔だったね」
「僕はお酒飲んでいる時も
いい顔していると思っていたよ」

小さい時から父の膝に座り
大人の話を聞いていたね
親戚や友人との宴会の席で

私の知らない父を見ていた息子
濡れて帰った
心晴れやか
菜種の花が濡れる頃

花火

ポートアイランドの公園
ドーン　ドーン　花火の音
一斉に泣き出す幼子達

その時
つないでいた手を振り切ったのは
一歳の娘
喜びの声をあげ
花火に向かって走って行った

美しい花火を摑もうと
手は空へ

今も
暗闇の中走り続ける娘
連日深夜帰宅の大学院生
弱い体を気づかい心配するが
私には止められない

美しい羽

——俺におまえの
　　その美しい羽を見せておくれ
柵越しに
突然　大きな声で少年は言った
小二とは思えぬ
芝居がかった大胆な言葉
じっと見つめる相手は
何事もなかったように向きを変えた

少年は再び叫んだ
——俺におまえの
　その美しい羽を見せておくれ
情熱的な願いの籠った声にも
きょとんと首をかしげたまま

——見せてあげて
私も叫んでいた
少年と心が一つになった

孔雀は通り過ぎて行った
こんなにも切ない声をかけられても
反応しないで

まだ足りない

イヤイヤ期　反抗期真っ只中
ますますパワーアップする四歳
私はついつい怒ってしまう

ママ牛乳
ママがいいの
ママお仕事行かないで
ママ・ママと連呼している
日増しにママ大好き病が酷くなる

ママと結婚してあげる
（あらずい分と上から目線やね）
どうしてママがそんなに好きなの
優しいうっとりとした目をして
ママの笑顔が嬉しいの
チッチの笑顔は？
怪訝な顔をして
ダメ

思い切って頑張って作った笑顔
これならどう？
じっと見つめて
「まだ足りない」

あとがき

「ちえが死んだら、詩集を作ってお友達に配るからね」以前から娘に言われている話をすると、「それは娘さんが大変だ。自分で出した方がいいですよ」高山利三郎先生の言葉が、詩集を出す契機となりました。

結城の古民家カフェ「カヂノキ」でコースターの絵を見た時、「この画家の絵を表紙にした詩集を出したい」と、具体的なイメージが描けました。

豊中で三十年程前、島田陽子先生に「関西詩人協会」をご紹介いただき入会。先生没後、江口節先生の「北摂詩の会」に入会し、今に至ります。

つくばに移り住んだ八年半前、江口先生に東京にある「日本詩人クラブ」をご紹介いただき、名簿をご覧になられた高山先生から昨年ご連絡をいただき「茨城県詩人協会」・「センダンの木の集い」に入会しました。

ご連絡をいただいたのは、「関西詩人協会」・「日本詩人クラブ」共に籍を置いているだけの状態で、やっと気持ちの整理と余裕ができた時でした。

島田先生の火曜会では、新川和江先生編集「ラ・メール」がテキストでした。新川先生創設「センダンの木の集い」に導かれ、ご縁を感じています。

詩があったから、詩と共に一歩ずつでも前に進むことができました。長い間詩を書き続けてこられたのは、諸先生方、詩友の励ましと支えのお陰だと感謝しています。

これからも、私なりに言葉を紡いでまいります。

出版にあたり、土曜美術社出版販売の高木祐子様、編集の皆様、またカバー絵を描いていただいた画家上渕翔様に、心よりお礼申し上げます。

最後になりましたが、いつも私の詩に寄り添い応援してくれた亡き夫、家族や友人に、いっぱいのありがとうを贈ります。

二〇二三年九月

川口千恵子

著者略歴

川口千恵子（かわぐち・ちえこ）

一九五〇年　兵庫県生まれ

所属詩誌「ユリノキ」「鶺鴒」「へにあすま」

関西詩人協会　北摂詩の会　（一社）日本詩人クラブ会友　茨城県詩人協会　センダンの木の集い

現住所　〒三〇五—〇〇三二　茨城県つくば市竹園二—二—二—一〇五

画家略歴

上渕　翔（うえぶち・しょう）

一九八三年　熊本県生まれ

茨城県つくば市在住

詩集　催《さい》花《か》雨《う》

発行　二〇二三年十一月十日

著者　川口千恵子
装幀　直井和夫
発行者　高木祐子
発行所　土曜美術社出版販売
〒162-0813　東京都新宿区東五軒町三―一〇
電話　〇三―五二二九―〇七三〇
FAX　〇三―五二二九―〇七三二
振替　〇〇一六〇―九―七五六九〇九
印刷・製本　モリモト印刷
ISBN978-4-8120-2809-4　C0092